文學の森
Haiku-Library

句集

冬の石

才野洋

文學の森

序

著者は二十九歳から俳句を始めた。動機は、子供のころから小説家に憧れていて、本格的に小説を書くためには美しい日本語が必要で、その修得に俳句が役立つと思ったからである。やる以上は、京都に本部がある結社「嵯峨野」（主宰・村沢夏風）で指導を受けたいと思ったという。

　　ひたすらに乾いてゐるや冬の石

は、夏風先生に入門して間もない頃の句であるが、早速、先生の特選に採られた。著者は「冬の石」にひたぶるな意志を感受したのである。

俳句とは、季節やものに仮託して、心に去来するものを詠出する詩であるが、「あとがき」によれば著者はその骨法を習得するのに、それから十年ばかりの歳月を要したのである。しかし、その日月は実に楽しいものであったと見受けられる。

父の手紙の切手正しやかたつむり
雲の峰吾は親父の子なりけり
猿山に猿の寄り添ふ遅日かな
鰆酒や今夜でたたむ店にゐて
朝露を散らし駿馬の駈けゆけり
夕闇をしりぞけて菊真白なり
はみださぬほどの体を蒲団かな
秋扇や二言目には嫁もらへ
ちがふともさうとも言はず秋の暮

など句の対象は広く、まことに自在である。美しい日本語を書けるようにと手段で始めた俳句が、いつしか目的に昇華した感がある。

梅雨寒や荷として豚の運ばれて

ここには、食用として屠殺場へ運ばれる「豚」の生命が、物体の「荷」として詠出されている。人間が生きるということは、生きている動物の命をいただくことに他ならない。著者の言葉によれば、「俳句というものの面白さ、怖さを発見した」一句に違いない。

十七音の短詩が一編の小説に対応すると開眼した一作といっていい。

キャップからソースの垂るる暑さかな

歳晩の呼ばれぬ客として座る

小春日や師のありし日も亡き後も

解かれゆく鉾にゆふべの小雨かな

風少し受けて昼寝の足の裏

座布団の厚さ二センチほどの春

戸の隙に見ゆる猫の尾春隣
火を消せばストーブ縮みゆくごとし
母の日の電話に嘘をまじへつつ
燕太郎二郎三郎巣立ちけり
雑巾を絞れば寒さしたたれり

平成二十六年四月、著者は五十二歳で「嵯峨野」副主宰に就任した。主宰になる日はそう遠くないだろう。

夏風先生の歩まれた道を辿るのではなく、先生が求められたところを求めて、これからも詠い上げていってもらいたい。大いに期待しているところである。

平成二十七年初秋

阪田昭風

句集　冬の石　目次

装丁　毛利一枝

句集　冬の石

第一章　冬の石

平成四年〜九年

ひたすらに乾いてゐるや冬の石

明日よりは通はぬ道か春寒し

廃業の花屋の軒や燕来ぬ

父の手紙の切手正しやかたつむり

落鮎の腸の苦さや一人酒

白川に春の雪降る別れかな

アクセルを踏めば落花の迫り来る

雲の峰吾は親父の子なりけり

午後五時の手を洗ひをり蟬の声

波とどろとどろや冬の空の下

山寺の闇の深さや初詣

惜別の句は無けれども梅真白

梅の香や一の鳥居を抜けてより

猿山に猿の寄り添ふ遅日かな

風のある午後は眠たし布袋草

きびきびと釘打つ音や寒の入

湯気立てて豆腐屋の朝柳の芽

早春の紅茶にミルク溶けゆけり

まんさくや比叡を仰ぐ山の村

岩つたふ雨の滴やゆきのした

かび生えぬものなかりけり雨十日

向かひあふ農夫と鳥刈田中

鰭酒や今夜でたたむ店にゐて

初蝶や日より生まれて日へと消え

罌粟散るや船頭棹を使ふ辺に

朝露を散らし駿馬の駈けゆけり

抽斗を静かに閉ぢぬ秋の暮

夕闇をしりぞけて菊真白なり

コーヒーを待つひとときや冬初め

吾が影の薄さや寒きアスファルト

綿虫や小さな家の並ぶ街
はみださぬほどの体を蒲団かな

除夜の鐘言葉少なき人と居て

追儺式終はりて闇の戻りけり

日日覗く郵便受けや春近し

椿落つ地震の後の静けさに

路地の奥湯屋のありけり柳の芽

くせひげを剃りあぐねをり梅雨深し

嵐山に日の沈みゆくビールかな

秋扇や二言目には嫁もらへ

病む人のすきとほる肌秋の蟬

とりわけて覚ゆる渇き終戦日

ちがふともさうとも言はず秋の暮

反古を焼く煙一筋神の留守

頭蓋骨絞るごとくにくさめかな

灯明の玻璃戸に映る寒さかな

ここちよく疲れてゐるや燗熱し

表札のひらがな文字や姫椿

大年の都心の空の青さかな

第二章　梅雨寒

平成十年～十四年

初春や張子の虎の力こぶ

放哉に似てきし顔や咳十日

キューピーの両手広げて待つ春よ

ふはり飛ぶ羽毛やバレンタインの日

お日様を肩車して春野かな

耕せば土笑ふとも歌ふとも

熟寝児の広き額や花水木

濁りつつ暮れゆく空や白木蓮

蜜蜂といふ名の小さき光かな

梅雨寒や荷として豚の運ばれて

キャップからソースの垂るる暑さかな

身に入むやピカソの青き絵に向かひ

一手差し一手待ちをり小六月

米を研ぐ音を聞きゐる寒さかな

歳晩の呼ばれぬ客として座る

彼頑固吾偏屈や牡蠣の殻

鉛筆の削ればば薫る暮春かな

黙しゐる顔半分を西日かな

油照り四面に楚歌を聞くごとく

今朝も巻く時計のねぢや終戦日

うさぎ抱く腕の中まで小春晴

霾や真空管で鳴るラジオ

父の日の父の電話の短さよ

鶏頭や旧字のままの醫の看板

夏風先生逝去

小春日や師のありし日も亡き後も

杉花粉飛んで鉛のごとき鼻

前髪を揃へ三月三日の子

羽を持つごとき者達卒業期

飛ばされし白き帽子や夏立てり

貼紙に空室有りと額の花

宵涼し空に琴座をさがしゐて

解かれゆく鉾にゆふべの小雨かな

風少し受けて昼寝の足の裏

生水のぬるさ八月十五日

山の日の届かぬ池や枯蓮

亡き人を名簿より消す十二月

すこしだけ酔つてゐるなり冬椿

水木咲くこの病院に母のをり

方丈の庇の陰や海芋咲く

乾きたるタオルの嵩や雲の峰

わらんべの蟬獲隊の進むなり

終戦日ラジオに塵の積りゐて

白萩や尼僧は薄き書を膝に

枝豆の手持ち無沙汰の殻の嵩

金閣の日照雨に濡るる紅葉かな

一人座すベンチの長さそぞろ寒

小春日の小首はこくりこくりかな

皆黒き服を着てゐる寒夜かな

第三章　春

平成十五年～十七年

神の井の絶えぬ水音や年新た

呟きに似てをり雪を踏む音は

雪淡し石塀小路に降ればなほ

旬のものいただいてをり山笑ふ

座布団の厚さ二センチほどの春

春愁の空の徳利にある重さ

ぬくもりの残る湯呑みや春の暮

記憶から逃げてゆく夢明易し

骨格図見てをり梅雨を腰病みて

浮くやうに沈みゐるなり水中花

ここちよく力抜けゆく団扇かな

汗のシャツ重し敗者であればなほ

遠くから名を呼ばれゐる花野かな

秋風を孕みては鳴るアコーディオン

交番に巡査ゐぬ日の帰燕かな

秋深き小さな街の写真館

奥宮へ険しき道や冬苺

雑踏のふくらんでくる十二月

旧館に余寒の時計鳴りにけり

初夏の音が笛より躍り出す

蟇鳴くややがて夜に入る男子寮

秋暑き道を斜めに渡りけり

茶の花や結ひ目緩びし四ツ目垣

池に臨む茶室や障子替へられて

笑ひけりただ着膨れてゐるだけで

老歌手の声の力や十二月

東天を見詰むる鶏や年明くる

競ひ合ふ風と日差しや辛夷の芽

タクシーを止める手に春立ちにけり

日めくりの青は土曜日春の雪

雨吸ってゆくや野焼の後の土

紅梅や轅を下ろす人力車

飼はれゐて亀は鳴くこと忘れけり

皆同じ岩に座るや草青む

ひと時の人の絶え間や八重桜

夜桜の寺門の開いてゐたりけり

教科書を揃ひ読む声山笑ふ

大仏の肩越しに春行きにけり

鼻の穴見せて立夏のがき大将
行列の進めば暑さ進むなり

好きなだけ曲がる畑の胡瓜たち

板の間に僧の足音蟬時雨

四時間の映画八月十五日

虫の音の地に満ち空に星の満ち

幸せは小さきものなりぶだう食ぶ

短日のゲラ刷りに誤字多かりき

風邪の子のことに小さく眠りをり

十二月晴れけり高き窓を拭く

除夜の鐘響くたび星またたけり

第四章　終戦日

平成十八年〜二十年

しゅんしゅんと削る二月の鰹節
朧夜のせつけんの泡ゆたかなり

河馬の足短くて暮れ遅きかな

春行くや木魚の音に歩を合はせ

うららかや車掌の笛で動くバス

靴下の穴から指や五月の子

柔らかきスリッパをはく昼寝覚

走りたき時もあらうに蝸牛

炎昼を押し潰しごみ収集車

裂かれたる鰻包丁より長し

人の居ぬ真昼の砂場終戦日

臥待や小机に茶のさめてをり

ひとつ浮く雲の輝き神の旅

燭の火の小さく揺れゐる寒さかな

少女らのないしよ話や花柊
午後の日の弱りやすさや大根干す

初烏一羽神山しづかなり

朱の橋を映し年立つ朝の川

戸の隙に見ゆる猫の尾春隣

鳥引きしあとの山河や龍太逝く

落椿とどめて川の浅さかな

木蓮や晴れゐて空の青からず

行く春の縄文土器のかけらかな

無愛想な給仕愛想の過ぎる蠅

動きしに汗とどまればさらに汗

黙禱の間を広島の蟬時雨

日を浴ぶる墓碑の白さや終戦日

枕辺にさがす栞や虫の夜

手を広げ子は鳥となる花野かな

御売約済みの墓石一茶の忌

搗く餅の湯気搗く人の肩の湯気

門松に並び散髪したての子

横向きて寝れば背中の寒さかな

火を消せばストーブ縮みゆくごとし

文鎮は鯰の形春の月

風つかみそこねてばかり雪柳

春陰や鶯張りの長き廊

ネクタイを解きし襟元夕桜

花時の昼のビールを少しだけ
力無く裂けるちり紙梅雨深し

居眠りの人の団扇のなほ動き

お隣といふだけの縁百日紅

季語であることをうべなひつつ焼酎

二拍子に時計の振子原爆忌

ベッドてふ平らなものの上を秋

一の字に走らす醤油新豆腐

鰯雲ふたつの鍵を掛けるドア

母の声元気文化の日の電話

ひとりでに閉まる枝折戸初時雨

静かなる甍今年の暮れゆけり

第五章　母の日

平成二十一年～二十三年

もの言はぬ人のまなざし寒昴

紅梅や野点の傘を軽き雨

湯上がりの爪やはらかきおぼろかな

たんぽぽの咲いてもの干すだけの庭

霾や革にひびある旅鞄

啓蟄や飯やはらかく炊きあがり

掃き寄せて埃の嵩や春の果

母の日の電話に嘘をまじへつつ

風鈴の音の竹林へ吸はれゆく
日のにほひこぼし日傘のたたまるる

終戦日白紙で届くファクシミリ

山ありて空ありて秋彼岸かな

車過ぐ新藁の香をまきながら
これよりは健脚コース花茗荷

茶の里の茶そばの熱さ秋深し

薄き日をしかと引き寄せ冬薔薇

しろがねの雲の飛ぶ朝神無月

クリスマス赤きケープを着る双子

冬深き民家の梁の太さかな

冬霞今や京都を故郷とし

風光る大きくなびく日章旗

コロッケはもはや和食や子供の日

混信の激しきラジオ熱帯夜
ビルヂングてふ名のビルを西日かな

赤とんぼままごと終はる気配なく

沈む日を返す甍や初紅葉

耳で観るタップダンスを文化の日

しぐるるや古書肆の棚の歪みゐて

湯豆腐や小部屋の窓のすぐ曇り

本殿へ広き石段初明り

整列と主将の声や寒稽古

使ひ捨てマスクなれども捨てられず

白梅や神社の脇の武道具店

校舎より高き杉の木卒業式

酔うてなほ端正な人沈丁花

忙しきことをよろこび四月待つ

球児らのさかんなる声とんぼ生る

山際に残る夕日や蚊遣香

若者の脚の長さや梅雨明くる

見下ろして千枚の田の青さかな

ワイシャツの脇のほころび終戦日

台風の道を恩師の喪に急ぐ

バス停のトタンの屋根の残暑かな

いが栗よただちに武装解除せよ

刈田から刈田へ移るにはか雨

冬菊の白さや堂のくらがりに

はにかみておじぎする子や雪螢

小さき傘さして時雨の出町橋

第六章　燕

平成二十四年〜二十六年

春の日のあまねき家となるべかり

一息でをはらぬあくび春の昼

喜寿をすぎ師はなほ若し梅の花

あたたかな帰途を各駅停車かな

引き際の見事な人や白椿

追悼小関赤秋氏

かかる日のなにゆゑ斯くもうららなる

人を待つ新樹の風を楽しみつ

道いくつ分かれて薔薇の満つる園

噴水の止まれば時の止まるごと

蝦蟇口をぱちんと閉ぢて梅雨晴間

鳴つてゐる誰かの電話梅雨の駅
緑蔭に少女は髪を編みなほし

遠嶺まで家ひとつ無き夏野かな

秋立つや風に従ふ竿のシャツ

すみやかに広がる波紋秋の水

天井の低き画廊や吾亦紅

さりげなく伝へる謝意や白芙蓉
座りをりとんぼが肩にとまるまで

劇場の重き扉や暮の秋

夜業する肩に一枚羽織りたす

手に残る灯油のにほひ暮早し

さざ波にをどる日差しや冬木の芽

春近しかがめば見ゆるものありて
日当たりてをれど余寒の木立かな

帽子より小さき顔や入園す

桃咲いて声はじけゐる幼稚園

あたたかき席を老舗の奥の間に
京洛を一望に春惜しみけり

夏きたる屋根の太陽電池にも
着信にふるへる電話水中花

昼寝より覚めきらぬ目に訃報かな

若き死を悼めば空に鰯雲

短冊はぜんぶひらがな星祭
みみずなくけらなくやなせたかし逝く

鍵束に使はぬ鍵や秋の風

標本のピン光りゐる寒さかな

綿菓子のやうな犬ゐて小六月

パソコンも共に勤労感謝の日

裸木や落暉は空を染めきれず

初春や抱き上げて子のやはらかし

初夢の中に名句を置き忘れ

つくづくし遺構はなかば土の中

燕太郎二郎三郎巣立ちけり

夕涼や浅き流れに沿ふ家並

目に映るものみな動かざる炎暑

売り尽くし空荷車の音涼し

受話器より声聞きますする生身魂

終戦日暮れきつてなほ地の熱し

宿場跡秋の風鈴鳴るばかり

台風や古きラジオの音われて

見はるかす川の広さや秋の雲

秋晴れや塔へと白き石畳

泣きながら歩きゐる子や赤とんぼ

亀沈みゐて水槽の夜寒かな

酒蔵に蒸し米の香や秋高し

雑巾を絞れば寒さしたたれり

句集　冬の石　畢

あとがき

私の第一句集となる本編は『冬の石』と名付けた。もちろん集中の、

ひたすらに乾いてゐるや冬の石

からとったものである。

この句は、故村沢夏風師から最初に特選に採って頂いたもので、私にとっては思い出深い句だ。思い出深い句なのではあるが（特選に採って頂いておきながら甚だ失礼な話だが）、当時の私はこの句の良さが分からなかった。私の俳句修業はある意味、「この句の良さを発見すること」が課題であったと言える。

中年になってからやっと「二十九歳の青年がこの句を詠んだことの意味」が分かるようになったが、それと同時に俳句というものの面白さ、そして怖さもあらためて思い知った。そしておそらくこれからもますます、俳句というものの面白さ、怖さを発見していくのだろうと思う。

末筆にはなるが、これまで私を指導して頂いた故村沢夏風師、阪田昭風師をはじめとして、「嵯峨野」俳句会の多くの先生方、先輩方、そして本集上梓に当ってお世話になった「文學の森」の諸氏に感謝の言葉を捧げて、この小文を終りたいと思う。

平成二十七年十月

才野　洋

著者略歴

才野　洋（さいの・ひろし）

昭和36年　愛知県生れ
昭和38年～56年まで大阪府で育つ
昭和61年　京都大学法学部卒業
平成３年　「嵯峨野」入会
平成９年　嵯峨野新人賞佳作
平成10年　若竹集同人
平成13年　嵯峨野賞秀作・月光集同人
平成22年　高嶺集同人
平成26年　「嵯峨野」俳句会副主宰就任

俳人協会会員

現住所　〒606－8274
京都市左京区北白川大堂町47－1－103

句集　冬《ふゆ》の石《いし》

平成二十七年十二月十七日　発行

著　者　才《さい》野《の》　洋《ひろし》

発行者　大山基利

発行所　株式会社 文學の森

〒一六九-〇〇七五

東京都新宿区高田馬場二-一-二

田島ビル八階

電　話　〇三-五二九二-九一八八

ＦＡＸ　〇三-五二九二-九一九九

ホームページ http://www.bungak.com

落丁・乱丁本はお取替えいたします。

印刷・製本　竹田　登

ISBN978-4-86438-489-6 C0092